# POMMES D'EVE

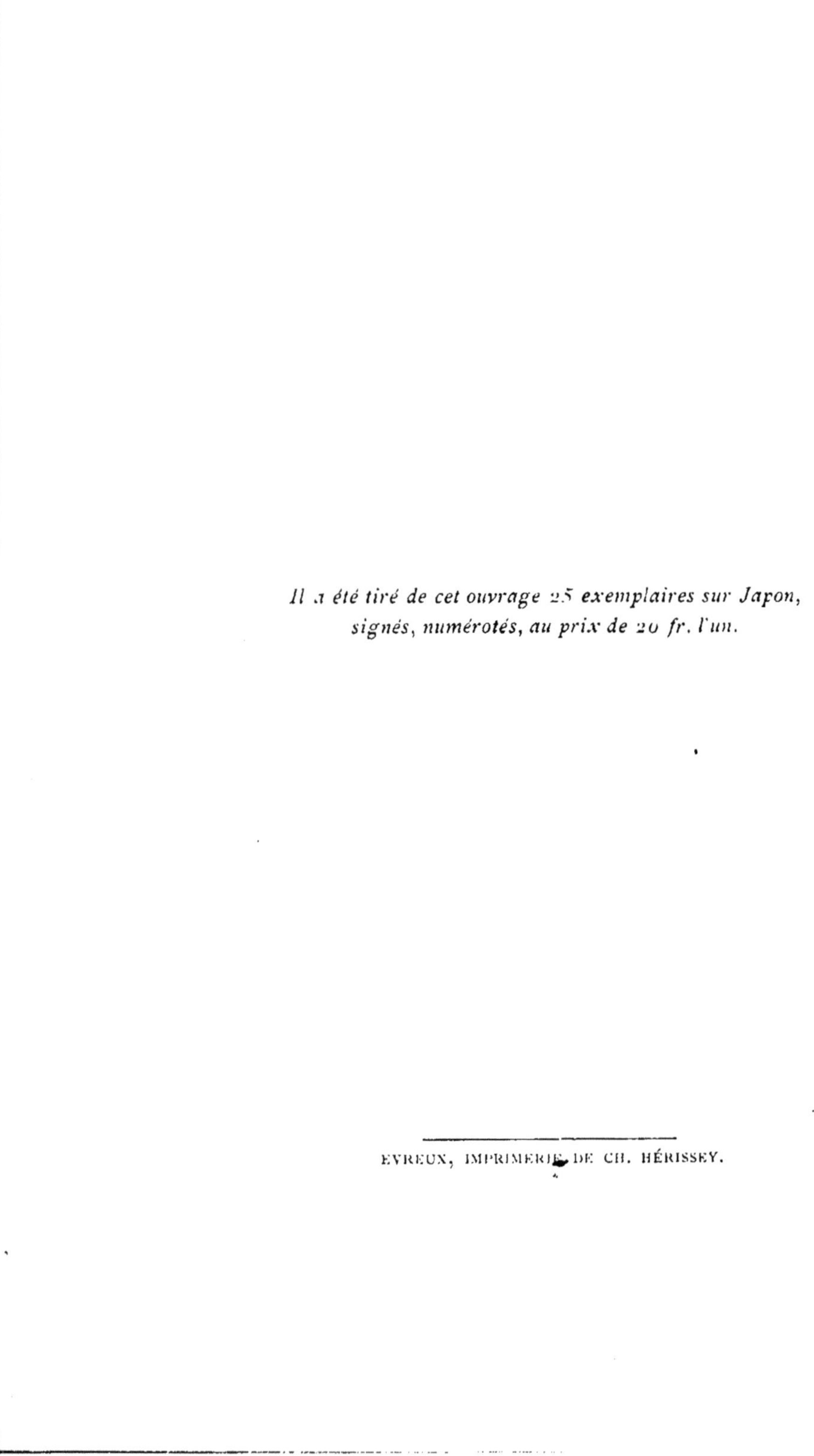

*Il a été tiré de cet ouvrage 25 exemplaires sur Japon, signés, numérotés, au prix de 20 fr. l'un.*

ÉVREUX, IMPRIMERIE DE CH. HÉRISSEY.

# POMMES
## D'ÈVE

DOUZE CONTES EN CHEMISE

PAR

UNE JOLIE FILLE

*Illustrations*

DE

Joseph ROY

PARIS

E. MONNIER, ÉDITEUR

16, RUE DES VOSGES

1884

# PRÉFACE

# DEUX MOTS, S. V. P.

*C'EST un cuisant secret qu'un nom galant que l'on doit taire, mais j'ai, avec une jolie fille, parié mon silence contre une indiscrète discrétion. J'écrirai cependant, pour la lectrice curieuse, l'histoire, très écourtée, de l'auteur, sans nom et sans date, m'en tenant aux plus menus faits desquels la parisienne avisée saura bien déduire les plus grands. Quant à*

*ces Messieurs, ils pourront lire, entre les lignes, tout ce qui manquerait à leur bon plaisir.*

*Comme tant d'autres millionnaires ce fut en sabots qu'elle arriva à Paris, la jolie fille, à Paris, ce paradis des femmes. Dans les bottines de sa première maîtresse, elle marcha ses premiers pas chaussés. Jolie comme maintenant, mais alors vêtue d'une chemisette trop large et d'un jupon trop court elle souffla bientôt Monsieur à Madame. Surprise en flagrant délit, elle eut ses huit jours, et quand Madame lui demanda : « Depuis combien de temps ?... » la rusée soubrette, en courbant sa taille ronde, fit largement bailler la chemise ouverte puis, relevant trop haut son jupon court pour sécher ses yeux sans larmes elle dit : « C'est un jour, comme çà, que Monsieur me grondait, alors... — Ça suffit, je comprends, sortez ! » Monsieur sortit derrière elle, et comme il était vaudevilliste, j'ajouterai et des meilleurs, elle entra, à son bras, dans notre monde à nous. Dans la suite, elle fit tous les étages et passa toutes les portes des auteurs dramatiques. Ayant beaucoup aimé et beaucoup comparé, elle prétend même qu'à huis clos les vaudevillistes ont la gaîté triste, tandis que les dramaturges ont la tristesse gaie. Intelligente et spirituelle, elle est encore le plus précieux collaborateur des jeunes. Auprès d'elle, on trouve toujours la vraie scène à faire. Sur la route de la gloire dramatique, elle marque souvent l'étape du premier succès. On est mûr pour le triomphe quand on est mûr pour son amour. Donc, à ce contact absolument intime d'épidermes littéraires, la jolie fille a appris à trousser une nouvelle aussi galamment que ses cotillons. Et voici comment nous lui devons aujourd'hui cet amusant recueil. Œuvre anonyme puisqu'il lui a plu de tenir en cette occasion son nom mieux caché qu'au grand jamais la couleur de ses jarretières. Au cours des écrits grivois elle sait sous entendre, comme elle sait, dans son boudoir, laisser tout voir sans rien montrer, elle a joué de sa plume comme elle joue de ses yeux : le style c'est l'homme... et la femme.*

*Un auteur imberbe qui tient son premier succès aux Folies de Jeunesse m'interroge.*

*« Pardon, mais je ne trouve pas...*

*— Cherchez, cher Monsieur, cherchez.*

*— Serait-ce cette jolie fille...*

*— Parfaitement.*

*— Qui à toutes les Premières...*

*— Elle n'en manque jamais.*

*— Porte généralement certaines robes...*

*— Je ne saurais vous répondre, l'ayant plutôt vue en deshabillé.*

*— Je l'ai rencontrée une nuit à la Maison d'or, et le maître d'hôtel la tutoyait.*

*— C'est bien possible, tous les maîtres l'ont plus ou moins tutoyée.*

*— Alors c'est elle qui répondit, un jour, à certain fat, se vantant d'avoir touché le capital de Blanche Miroir : « Ne vous félicitez pas Monsieur, d'avoir fendu une glace : vous savez bien que cela porte malheur. »*

*— Vous brûlez, cher Monsieur, vous brûlez. »*

*— Mais c'est...*

*— Chut! pour me laisser gagner mon indiscrète discrétion.*

*Unus inter multos des amis de la jolie fille.*

# LE CAS DE LULU

# LE CAS DE LULU

Il s'appelle Lucien ; mais dans la famille on dit toujours Lulu. Il a dix-neuf ans, et, malgré cela, « c'est encore un bébé ». Demandez plutôt à sa mère. Il est gras, imberbe et sanguin, naïf, peut-être même un peu bébête, à coup sûr bon enfant. C'est à Paris qu'il est né, et depuis lors, il a fait son tour de France, suspendu aux jupons maternels. Son « papa » est un brave percepteur qu'un peu partout on révoque pour son incapacité et qu'on renomme pour son honnêteté. Au mois de mai, dès les premières pâquerettes, c'est déjà une coutume, Lulu, chaque année, revient seul à Paris voir sa vieille grand'mère. On le conduit au chemin de fer, on le recommande au chef de train, et, un bon baiser sur chaque joue : « Pars, mon pauvre chéri, surtout pas d'imprudence. Ne mets pas ta main en dehors de la portière ; n'oublie pas ton foulard pour la nuit et, une fois là-bas, sois bien sage. »

Il descend chez son oncle, le docteur Briandeau, 118, rue de Provence, un spécialiste (consultations de 2 à 4, dimanches et fêtes exceptés).

L'oncle a quarante ans, sa femme vingt-cinq. Il est très laid, elle est très jolie. Depuis quinze jours déjà, Lulu y demeure. Autour de lui tout bourgeonne avec le printemps. Au déjeuner, sa tante elle-même a sur sa joue blanche quelques boutons roses : « C'est le sang », dit le docteur. Mais lui, Lulu, il se sent aussi tout malade.

— « Qu'est-ce que j'ai, mon tonton ? »

— Oh ! toi, mon ami, c'est autre chose.

Et, en souriant, il allait parler, seulement ma tante, qui devine tout, a fait un geste de pruderie, et le mari obéissant s'est penché à l'oreille de son neveu :

— « . . . . . . . . . . . . . . . . . . . .

— Ah ! vous croyez, mon tonton ? fait le naïf.

— Essaies-en, je suis sûr de l'effet.

— Mais comment faire?

— Ce n'est pas difficile, et si le professeur est gentil, ta leçon sera vite apprise. Tiens, voilà cent francs.

A minuit, Lulu fut jeté sur le palier.

Le lendemain, lorsqu'il rentra, tante Alice, en le voyant, lui témoigna presque du respect. Les femmes n'en ont guère que pour ceux qui leur en manquent. Elle faillit l'appeler monsieur, et, quoique rougissante, elle prit plus de plaisir à ses bons gros baisers de dadais.

Son oncle l'interroge.

— Eh bien, mon ami, voyons, avec nous, parle à ton aise. Etait-elle gentille?

— Qui? mon tonton.

— Celle avec qui tu...

— Mais, mon tonton, vous m'aviez dit qu'il fallait coucher avec...

— Ça suffit, ça suffit. Eh bien?

— J'ai été coucher avec grand'mère.

— Oh! le nigaud! s'exclama Alice ravissante dans son peignoir, sa toilette du matin.

— Et ton billet de cent francs?

— Le voilà, mon tonton.

— Et ta santé?

— Je ne suis pas bien, j'ai des vertiges.

Le soir, il trouva sur sa table de nuit un gros volume jaune : L'*Hygiène du mariage*. Il le lut avidement, poussant de temps à autre des oh! et des ah! Son sommeil fut fort agité.

Tandis qu'il lisait, dans la chambre conjugale, Briandeau, ce spécialiste, toujours surpris de tant de vertu, parla de Lucien.

— Il n'y a pas de bon sens, il faut que cela finisse, je veux renvoyer à ma sœur un homme et non pas un benêt. Tiens, Alice, si tu étais gentille, toi qui es si jolie, tu lui ferais comprendre...

— Mais mon ami...

— Qu'on peut aimer une femme.

— Mais mon ami!...

— C'est un enfant, tu le sais bien. Il n'y a rien à craindre, et c'est moi qui te le demande, ma mignonne.

— Mais mon ami!!...

— Tiens, permets-lui seulement d'assister à ta toilette, et je suis sûr qu'après...

— Mais mon ami!!!...

— Sois gentille. C'est un enfant.

— Eh bien, soit, après tout, puisque cela vous fait plaisir!

*
* *

A six heures, le docteur est en visite et tante Alice fait demander M. Lucien.

Il parcourt encore le volume. En voyant la femme de

chambre, il tressaille ; et ses yeux inquiets, qui cherchent quelque chose, visent son tablier.

Il trouve tante Alice dans son cabinet en train de se coiffer.

— Lulu, veux-tu, s'il te plaît, me tenir ces épingles.

Elle est en corset, son jupon est court, l'épaulette de la chemise a glissé et, levant les mains sur sa tête, elle lui montre le fauve de ses aisselles. Lucien rougit.

— Ah ! maladroite que je suis, j'ai laissé glisser une épingle. Cela me pique. Oh ! la la la la ! Je t'en prie, mon petit Lulu, retire-la moi. Oh ! la la la la la la !

Et elle dégrafe, elle dégrafe... Lucien pâlit, il cherche, fouille et trouve ; mais, grand Dieu ! quelles étranges rencontres il a faites en chemin.

Tante Alice désormais a les mains pleines de savon et pourtant, elle a encore oublié une jarretière.

— Lulu, si tu voulais bien?...

Il y prend goût, et aussitôt le voilà à l'œuvre.

— Pas si haut ! pas si haut ! ! ! mais tante Alice a beau crier, Lulu, pour le coup, a pris la grande route, la diligence renverse ; elle tombe sur la banquette et... depuis dix minutes, tante Alice, qui fait la fâchée, appelle Lulu, monsieur Lucien.

Le docteur rentre.

— Eh bien, comment ça va ce matin?

— A merveille ! mon oncle.

— Comment ! est-ce que sans rien dire, tu aurais?...

— Oui, mon oncle.

— Ah bah ! Elle est jolie, hein?...

— Oh ! pour ça, oui.

— Et tes cent francs ?

— Les voilà.

— Comment?

— Mais, mon oncle, puisque ma tante ne m'a rien pris.

— !!!

# MISS ADDA

# MISS ADDA

## I

« Arrêtez ! » cria tout à coup à son cocher M. de Thévenart en passant devant le 12 de la rue de la Paix ; et, sans laisser au laquais le temps de lui donner la main pour descendre de son landau, il sauta lestement sur le trottoir.

Le baron n'était pourtant pas jeune. Oh non ! il avait bien soixante ans ; mais, certes, il était encore vert.

Il entra tout aussitôt dans le magasin de curiosités de Bouchet, et s'adressant, sans plus de préambule, à l'antiquaire : « Combien cette cruche ? » fit-il, en désignant de l'extrémité de sa canne à poignée d'ivoire, ciselée par Benvenuto, un superbe vase de Bernard Palissy qui occupait le centre de la montre du riche magasin « du vieux Paris ».

— Elle est vendue, Monsieur le baron, répondit Bouchet.

— Vendue!

— Oui, Monsieur le baron.

— Et à qui?

— Je n'ai pas l'habitude de donner à mes clients le nom de mes acheteurs, mais, pour M. de Thévenart, je puis cependant faire une exception, s'il veut bien me promettre d'être discret.

— C'est assez mon habitude, il me semble !

— Suffit, Monsieur le baron. Cette cruche est vendue à Miss Adda, 140, boulevard Haussmann, et sera livrée ce soir.

— Miss Adda? Et elle collectionne? Connais pas!

— Ni moi non plus, Monsieur le baron; c'est la première fois que...

— Alors vous pourriez peut-être...

— J'ai donné ma parole.

— Soit, mais... ventre-saint-gris! il faudra pourtant bien qu'un jour ou l'autre cette cruche m'appartienne!

— Je suis vraiment au désespoir, Monsieur le baron, et si j'avais pu penser...

— Adieu !

— Au revoir, Monsieur le baron.

Et le landau disparut, au milieu d'un tourbillon de poussière, par la place de l'Opéra, emportant, sur ses coussins bronze, M. de Thévenart, furieux comme le chasseur dont la capsule a raté sur une volée de perdreaux.

## II

— « Voyons, baron, il se fait tard, dit Miss Adda, et si votre veuvage vous autorise à ne rentrer chez vous qu'au petit jour, mon célibat me fait un devoir de vous congédier avant l'aurore. »

Miss Adda avait modulé cette phrase sur un rythme anglais des plus charmant et qui laissait, à tout l'excellent français dont elle se servait, un parfum britannique des plus aimable. Jolie comme le sont toutes les Anglaises qui se donnent la peine de l'être, dans son peignoir blanc, avec ses vingt-cinq ans, elle était sans rivale, Maude Brancombe elle-même aurait pu, à bon droit, en être jalouse.

— Vous n'allez pourtant pas encore une fois, je suppose, me marchander mon vase de Palissy, puisque je ne veux pas vous le vendre.

M. de Thévenart regarda tour à tour la jeune femme et la cruche enviée qui trônait dans un des coins du boudoir sur une ravissante console Louis XV, puis, après avoir donné une chiquenaude à sa rosette d'officier de la Légion d'honneur, il se décida, en homme qui vient de prendre une résolution extrême, à répondre aux questions de Miss Adda.

— Miss, dit-il, puisque vous insistez pour connaître le motif exact de mon assiduité auprès de vous, je vais vous avouer, à cette heure, ce que je n'avais osé vous déclarer encore : c'est que je vous aime et que je désire votre main.

— Vous voulez m'épouser? murmura, en pâlissant, la superbe fille.

— Oui.

— Mais vous ne savez donc pas...

— Je sais tout ce que je veux savoir.

— Les Anglaises sont brèves, Monsieur de Thévenart. Vous me jurez que jamais vous ne songerez à me reprocher le passé?

— Je ne saurais redouter votre passé : votre jeunesse a été pénible, je le sais ; « la faim qui fait sortir le loup du bois » absout le péché de gourmandise. Vous n'êtes pas d'une grande famille? Je suis noble pour deux. Vous avez travaillé pour vivre? Qu'importe !

— Mais...

— Je ne veux plus rien entendre, répliqua vivement le baron en appliquant son doigt, où brillait un des plus gros diamants de France, sur les lèvres pourpres de Miss Adda.

— Alors, voici ma main, fit-elle en rougissant.

Un éclair passa dans les yeux du baron, et, regardant du côté de la console Louis XV, il ajouta :

— N'est-il pas trop heureux celui qui doit posséder un semblable chef-d'œuvre ! — Quelle blancheur et quelle coloration divine! quels reliefs enchanteurs! quel dessin merveilleux!

— M. de Thévenart, vous vous oubliez, je crois?

— C'est vrai, dit le baron en se mordant les lèvres; c'était le premier moment, mais il est passé.

Un mois plus tard, le baron de Thévenart épousait, en la personne de Miss Adda, le chef-d'œuvre de Bernard Palissy, la cruche du vieux Paris.

## III

La noce fut étrange, la mariée était triste et M. de Thévenart paraissait inquiet. Quant aux invités, les amis du baron se perdaient en conjectures sur le motif qui avait pu le déterminer, lui ordinairement si raisonnable, à faire une semblable folie, épouser à soixante ans une femme de vingt-cinq. Les jeunes gens jasaient, et l'un d'eux, un grand blond, véritable écho des potins parisiens, racontait l'histoire authentique de Miss Adda.

Ah bah! s'exclama tout à coup le chœur de la haute gomme.

— Oui, Messieurs, c'est comme j'ai l'honneur de vous le dire, Miss Adda était institutrice chez un comte de C... qui, un beau soir, croyant rentrer chez sa femme, se trompa de chambre, et...

— N'insistez pas, n'insistez pas, nous vous comprenons.

— Pauvre fille!

— Pauvre baron!

A minuit, les invités étaient partis et M. et Mme de Thévenart s'étaient retirés dans la chambre conjugale.

— C'est égal, M. le baron n'a pas l'air à son affaire, dit à son tour, à la jolie femme de chambre, le beau Pierre.

en lui appliquant sur la nuque un vigoureux baiser.

— Dame, écoute donc, mon cher, pour un sexagénaire, tout n'est pas rose, un soir comme celui-ci.

— Nous ne serions pas si embarrassés, nous autres.

— Possible, mais, en attendant, à bas les pattes, fit Marguerite en fermant brusquement la porte de sa chambre.

Alors, tout fit silence dans l'hôtel.

Pendant que Miss Adda se déshabillait seule, M. de Thévenart semblait chercher des yeux quelque chose dont l'absence le préoccupait.

La cruche, il n'avait pas vu la cruche depuis le matin et il avait fureté tout le nouveau domicile.

Bref, le corset de Miss Adda tombait, lorsque M. de Thévenart se retourna enfin vers la jeune fille.

— Adda, dit-il, Adda, pardonnez-moi, mais il me vient un soupçon affreux! Auriez-vous cassé votre cruche?

Miss Adda n'avait pu répondre. Blanche comme un spectre, elle venait de tomber inanimée sur son lit.

— Grand Dieu, s'écria M. de Thévenart, et il se précipitait vers le cordon de la sonnette pour demander du secours, lorsque sa main heurta un objet qu'il n'avait point encore aperçu.

C'était la cruche. Il la considéra attentivement dans tous les sens, eut un soupir et courut à sa femme.

— Adda, dit-il, remettez-vous, ma chérie, elle n'est qu'écornée.

Elle n'est qu'écornée, fit-elle, en rouvrant les yeux.

— Oui.

— Ah! en France vous appelez cela écorné, alors?

— Certainement!

Ils ne se sont jamais compris plus que cela; mais, faute de s'entendre, ils vécurent heureux.

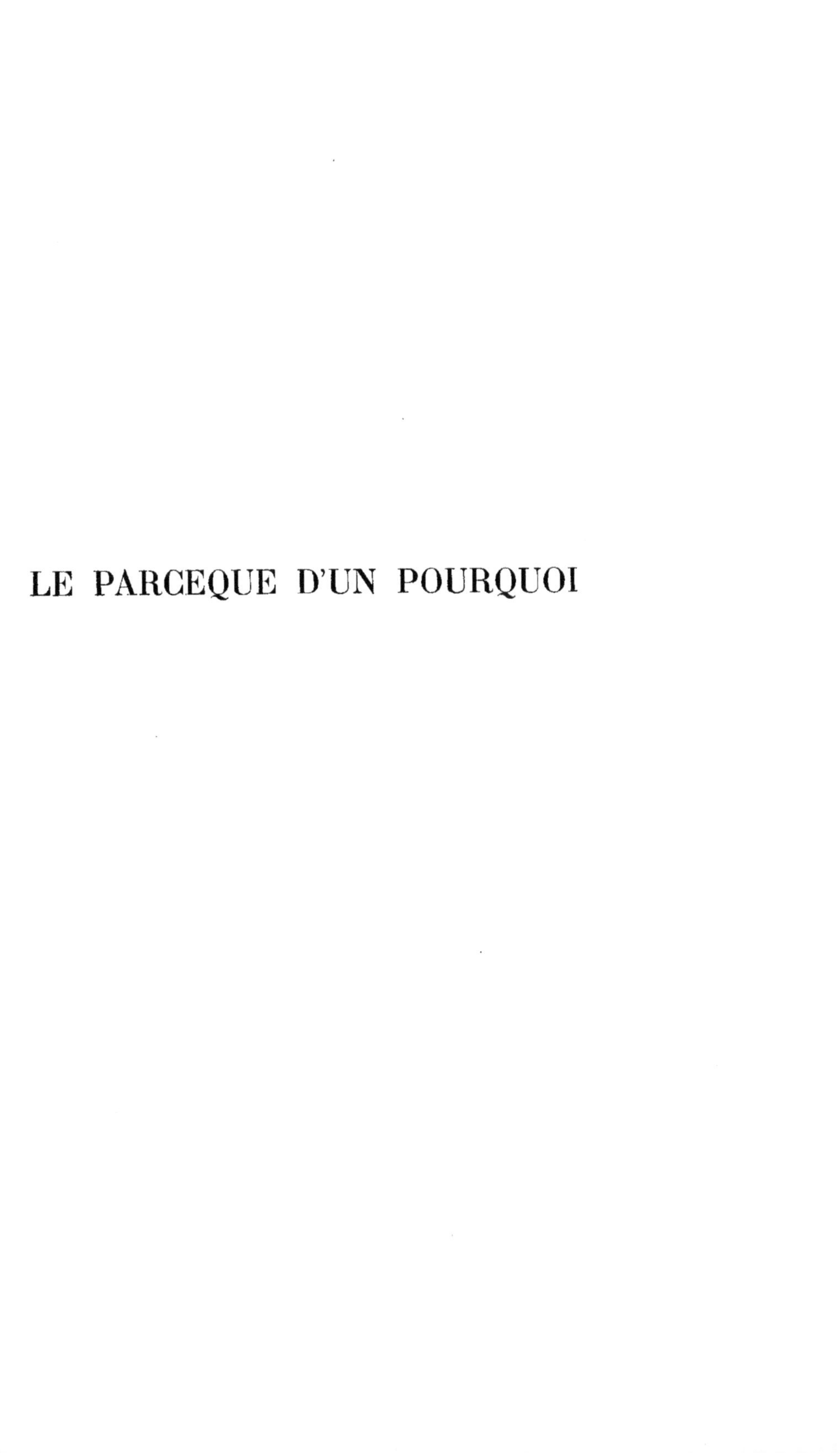

# LE PARCEQUE D'UN POURQUOI

LE

# PARCE QUE D'UN POURQUOI

## I

### LE POURQUOI

A Riant-Mont, en Bourgogne, chez de Chabannes, nous étions, au plus, cinq ou six, jadis condisciples de collège; hier compagnons d'école, aujourd'hui confrères au barreau, qui tous, grâce à un heureux destin, avions gaiement :

. . . . . . . . . . . . . . muris de la faux respecté.

Le dîner finissait. Lison, une jeune et plantureuse fermière, nous servait. Bernard, que le moulin à vent seul savait rendre classique, venait de faire à la belle enfant une facétie renouvelée de Molière, en lui offrant sa serviette pour venir en aide à un fichu, à la vérité de deux bons doigts trop court. La fille, certes, n'était point bégueule. Elle ria crânement de la plaisanterie, tenta sans succès de ramener au devoir le mouchoir aussi récalcitrant qu'indiscret, et se contenta, pour toute vengeance, d'offrir du fromage à Bernard, quoique sachant qu'il n'en voulait jamais accepter. Le refus, du reste, ne se fit point attendre.

— Tu ne prends pas de fromage, Bernard? fit de Chabannes, en revenant à la charge.

— Jamais!

— Pourquoi?

— Parce qu'il ne l'aime pas; et il en est bien aise, car, s'il l'aimait, il en mangerait, et il ne peut pas le souffrir, ajouta Léon de Vignares, que les truffes rendaient toujours bête.

— Mon parce que est tout mien et ne saurait avoir la moindre ressemblance avec cette scie édentée, répondit sèchement notre camarade, comme offensé.

Lison se pâmait d'aise!

Alors, voyons ton parce que, réclama le chœur.

— Soit, dit Bernard ; c'est l'histoire de mon premier

. . . . coup de soleil.

## II

### LE PARCE QUE

— Avez-vous connu ma cousine?

C'était une de ces riches natures fermes et quasi-abondantes, pour la brune chevelure desquelles la fleur de grenadier semble avoir été créée.

Dès sa plus tendre enfance, Lucie m'avait souvent promis de devenir ma femme lorsqu'elle serait grande, m'offrant avec naïveté, d'ici là, d'être son petit mari pour rire.

Mais, hélas! alors je ne savais point encore rire...

Vous exposer en un nombre connu la somme des caresses par nous échangées durant nos premières années serait faire un prodige de numération parlée ; qu'il vous suffise de savoir que cette somme grossissait toujours en raison directe du carré de nos ans. Bref, un jour, on nous déclara... trop grands pour continuer impunément à réunir ainsi nos lèvres en un seul baiser.

Nous en fûmes quittes, au reste, pour nous aimer à la dérobée.

Donc, un soir d'hiver, nous soupions en famille. On mangeait du macaroni, et, voisin que j'étais de ma cousine, depuis longtemps déjà, sous la table, nos genoux causaient ensemble, lorsque, subitement, la lampe vint à s'éteindre.

L'occasion fait le larron. Aussitot nos mains de se toucher, nos lèvres de se joindre.

Lorsque, trop tôt, beaucoup trop tôt, un petit crépitement se fit entendre : celui d'une allumette.

A la hâte nous séparâmes nos bouches, mais, à la lueur d'une flamme révélatrice, on avait vu, de mes lèvres à celles de Lucie, un long trait d'union... de macaroni filant, témoin irrécusable de mon larcin et de la complicité de ma cousine.

. . . . . . . . . . . . . . . . . . . .

Devenus pourpres, nous piquions tous deux... notre premier coup de soleil.

Depuis ce jour, je n'ai jamais pu sentir le fromage, ne lui ayant jamais pardonné...

— De n'avoir jamais été, même pour rire, le mari de votre cousine, ajouta, en souriant, la malicieuse Lison.

On passa aux petits fours.

# LES ASPERGES

# LES ASPERGES

## I

Le marquis Robert-Stanislas de Bonrang, oncle et parrain de Brigitte de Kerdor, pouvait avoir environ soixante et quelques années, lorsque je fis sa connaissance à Monaco où, depuis près d'un quart de siècle déjà, il avait coutume d'hiverner.

Célibataire tout aussi convaincu que le Bonnard de l'*École des Vieillards,* aimable sans contrainte, noble sans vanité, M. de Bonrang n'avait qu'un défaut, qu'une passion, la culture d'asperges énormes qui lui valaient toujours quantités de serpettes d'honneur aux expositions gastronomiques du Palais de l'Industrie. Il se flattait du reste hautement de ce que sa propriété d'Argenteuil, sa résidence d'été, n'avait point de rivale pour la parfaite production de cet excellent herbage légumier de la grande famille des liliacées et vous racontait encore que les Grecs l'avaient savouré sous le nom de *avrapayos* et qu'enfin en mil huit cent soixante-sept, le schah de Perse lui avait demandé quelques griffes de ses superbes asperges.

De retour à Paris, je devais bientôt être intimement lié avec le marquis, qui avait pour toute famille deux nièces et une sœur.

L'aînée de ses nièces, Françoise de Lussac, orpheline dès le berceau, avait épousé, depuis quelques années déjà, M. Patachon, un riche fabricant de vermicelle, breveté s. g. d. g. Quant à Brigitte, fille de M^lle^ de Présensé, morte en lui donnant le jour, et du colonel de Kerdor, un vaillant breton mort pendant la guerre de 1871, elle comptait à peine dix-neuf printemps et était élevée par sa grand'mère, demoiselle Nathalie de Bonrang, dame de Présensé, sœur de mon vieil et respectable ami.

M^me^ de Présensé, toute remplie du nom de ses ancêtres, morts aux croisades et profondément humiliée par le vermicelle de son neveu, n'avait jamais voulu consentir à revoir Mme Patachon, sa nièce, depuis son mariage.

Le marquis, assez ennuyé du caractère difficile de sa sœur et qui adorait ses nièces, avait pris le parti de recevoir séparément les deux familles, et comme j'étais de toutes les réunions j'avais dû moi-même faire tour à tour connaissance avec les de Présensé-Kerdor et les Patachon.

A l'occasion de sa fête, il aimait à réunir les siens en un joyeux banquet, et pour arranger tout le monde, il ne craignait point de se faire souhaiter la Saint-Robert par les Patachon et la Saint-Stanislas par les de Présensé-Kerdor.

Donc, le 7 mai, jour de la Saint-Stanislas, nous étions attablés dans la grande salle à manger toute tendue de vieux Beauvais et toute remplie de faïences et de porcelaines d'art de l'hôtel de Bonrang, à Argenteuil. J'étais placé près de Mlle Brigitte, et, juste en face de nous, se trouvait Mme de Présensé, « bonne maman » pour parler comme ma jolie voisine. Car, Brigitte était jolie, je vous le jure ! Peut-être un peu courte, un peu boulotte, mais elle avait une si belle carnation, de si blanches dents, de si grands yeux, de si longs cheveux châtains, l'air si intelligent, un si charmant sourire ! Lorsque son oncle voulait la taquiner, il lui fredonnait, entre haut et bas, le premier couplet du rondeau que Dupuis-Barbe-Bleue chantait naguère aux Variétés à Schneider-Boulotte :

« C'est un Rubens, un vrai Rubens,
Une robuste campagnarde
Bien établie dans tous les sens... »

M^me de Présensé faisait des yeux, mais « mon oncle » avait passé l'âge où l'on craint de recevoir le fouet.

— « Potage au vermicelle » annonça cet excellent Pierre, le valet de chambre de M. Bonrang.

« Bonne maman » fit sa première grimace.

— « Je ne puis donc plus venir ici sans entendre parler des Patachon? » murmura-t-elle.

— Mais, ma sœur...

— Il suffit. Croyez-vous que je sois encore assez sotte pour ne point comprendre que vous ne vous entêteriez pas ainsi à me faire manger du potage au vermicelle, si vous n'aviez d'autre but que de tenter un rapprochement entre moi et les Patachon. Mais mon parti est arrêté, je ne verrai jamais les Patachon et ne mangerai pas de potage.

— Mais enfin...

— C'est dit.

— Soit.

Diable! M^me de Présensé n'a pas l'air de bonne humeur aujourd'hui, dis-je tout bas à Brigitte.

— Elle est toujours de même, me répondit en riant l'aimable jeune fille. Il est certain que « bonne maman » trouvera ensuite des os dans les bouchées à la reine et des arêtes dans le saumon.

Puis Pierre se prit à offrir : « Rognons de coq, maître d'hôtel. »

— Rognons de coq, répéta en grommelant Nathalie Bonrang. Quel plat inconvenant! je n'en prendrai certes pas.

Le plat fut alors offert à Brigitte.

— Qu'est-ce? fit-elle.

— Rognons de coq, maître d'hôtel.

— Je ne connais pas.

M. de Bonrang allait expliquer à sa nièce, mais sa sœur lui pinçant fortement le bras ajouta :

— « Une certaine espèce de haricots blancs, petite. N'en mangez pas, cela pourrait vous faire mal. »

— Bien, bonne maman.

Le rôti allait se passer sans encombre, lorsque l'idée vint à M^me^ de Présensé de s'inquiéter du légume.

— Que donnez-vous comme légume, Stanislas?

— Des asperges, Nathalie.

— Et elles sont...

— Superbes, grosses comme le goulot de cette carafe.

— Naturellement, c'est complet. Brigitte, vous sortirez de table avant les asperges.

— Oui, bonne maman.

M. de Bonrand se mit à lever, en souriant, les épaules.

— Est-ce que l'odeur des asperges vous incommode, Mademoiselle ?

— Du tout, Monsieur, je les adore.

— Mais alors pourquoi?

— Une fantaisie de bonne maman qui ne veut pas me laisser voir les asperges de mon oncle, et comme je préfère de beaucoup la privation de ce légume à une scène, je capitule, mais je ne comprends pas.

Et Brigitte sortit. Elle revint à l'entremets et le dessert s'acheva tant bien que mal.

Mais pourquoi M^me de Présensé avait-elle fait quitter la table à sa petite-fille à propos d'asperges?

Après dîner, au fumoir, je questionnai M. de Bonrang.

Alors, riant tout d'abord aux éclats, il se prit bientôt ensuite à me parler à l'oreille, Brigitte pouvait nous entendre.

— « . . . . . . . . . . . . . . . . . »

— Allons donc!!! je ne riais plus, j'étranglais.

— Ma parole!

— Oh! celle-là est trop forte.

— C'est pourtant comme j'ai l'honneur de vous le dire.

. . . . . . . . . . . . . . . . . . .

## II

Deux ans plus tard, nous devions nous retrouver encore tous réunis dans cette même salle à manger de l'hôtel de Bonrang; mais, cette fois, c'était dîner de grand apparat, car on y célébrait le retour des noces de Brigitte, mariée depuis cinq mois environ avec le vicomte Gontran de Tournay. J'étais auprès de la nouvelle vicomtesse, plus jolie, mais plus... boulotte que jamais. Aux légumes, on servit, comme de juste, les étonnantes asperges de l'oncle Stanislas. A cet instant, « bonne maman » eut encore un mouvement de mauvaise humeur. Elle regardait d'une façon tout à fait interrogatoire M. de Tournay. Mes yeux rencontrèrent malgré moi ceux de M. de Bonrang, nous avions toutes les peines du monde à ne pas rire. Puis le vieux Pierre, passant de l'une à l'autre, arriva à Mme de Tournay.

Brigitte hésita : « bonne maman » était là.

« Prends donc quelques asperges, mignonne ».

Le vicomte s'oubliait, au bourgogne il tutoyait la vicomtesse, fi! dans son monde!

« Elles sont superbes », ajouta-t-il.

— Dites inconvenantes, Monsieur de Tournay, s'écria enfin « bonne maman », en devenant rouge comme une écrevisse.

M. de Tournay resta impassible. Brigitte éclata de rire.

Elle avait compris.

# LE CRIME

DE

# L'HOTEL DU LION D'OR

# LE CRIME

## DE L'HOTEL DU LION D'OR

---

« Provins, 3 mai 1871.

« Monsieur le Procureur,

« Pour ne pas être considéré comme complice d'un crime dont je pourrai, à peine, répondre comme témoin, j'ai l'honneur de venir, dès aujourd'hui, vous mettre au courant des tristes événements qui se sont accomplis, la nuit dernière, dans mon estimable hôtel du *Lion d'Or*.

« Hier, jeudi, à 9 heures 30 du soir, deux voyageurs, un jeune homme et une jeune femme, affirmant arriver directement de la gare, se présentèrent à l'hôtel du *Lion d'Or* pour y demander d'abord un souper, puis ensuite, et pour la nuit seulement, une chambre à un lit. Ces voyageurs ayant absolument bonne mine, nous crûmes, Monsieur le Procureur, qu'il était de notre devoir d'accéder aussitôt à leur désir, remettant, au lendemain matin, avant leur départ, les formalités d'usage d'inscription au registre. Le jeune homme, cheveux blonds, moustaches fines et longues, pouvait avoir environ vingt-trois ans, était élégamment vêtu et décoré. Sa chemise, parfaitement blanche, était garnie d'un entre-deux brodé à la main ; ses bijoux, épinglettes, boutons de manche, chaîne, montre et alliance paraissaient neufs. La jeune femme dix-neuf ou vingt ans, cheveux blonds et yeux bleus, jolie à ravir, portait une toilette claire qui semblait de la veille, ses bijoux, boutons d'oreilles en diamants, médaillon, châtelaine, montre, porte-bonheur, plusieurs bagues de prix et une alliance étaient aussi d'hier. Ils demandèrent à dîner seuls, dans un salon particulier, et la fille de service m'a déclaré, ce jour, qu'étant, vers le dessert, entrée précipitamment, elle les surprit s'embrassant avec le plus cordial abandon; elle remarqua aussi — et que cela soit dit pour les besoins de l'instruction seulement — que Monsieur était assis fort près de Madame et qu'en ce moment ses mains n'étaient même point sur la table. A 11 heures, ils furent, sur leur demande, conduits par un garçon à leur chambre où ils lui enjoignirent alors l'ordre de ne point les réveiller le lendemain avant midi, ne devant quitter Provins qu'à cette heure. Et c'est là, Monsieur le Procureur, que commence l'horrible drame dont mon honorable établissement aura été l'innocent théâtre. Que s'est-il alors passé? je l'ignore... Je ne puis plus désormais que vous transmettre les paroles recueillies par une fillette de treize ans dont la chambre est mitoyenne de celle du coupable et les constatations que j'ai pu faire, dès l'aurore, au n° 69, pièce occupée durant cette épouvantable nuit par l'assassin et sa victime.

« La fillette raconte qu'aussitôt que le jeune homme et la jeune femme furent enfermés, elle crut saisir des bruits de baisers qui n'avaient certes rien d'alarmant; mais, bientôt après, elle entendit la pauvre petite femme éclater d'un rire étrange comme celui que pourrait provoquer, affirme l'enfant, un long chatouillement à la plante des pieds, puis des soupirs, des petits cris entre-coupés, des: laisse-moi, laisse-moi! des: tu me fais mal! des: oh! ma mère! et enfin comme une sorte de râlement inexplicable pour elle. C'est alors que la crainte s'emparant de tout son être, le témoin déclare s'être caché la tête sous les draps où, succombant à la fatigue et à l'émotion, il s'endormit bientôt.

« Informé dès l'aube, je me levai précipitamment et arrivai pourtant trop tard au 69, car la chambre était vide. Sur la table de nuit se trouvait néanmoins un billet à mon adresse et ainsi conçu :

« Ci-joint le montant de ce qui vous est acquis — (prix convenu) pour notre souper et notre chambre. Nous nous sommes décidés à partir ce matin par le train de quatre heures, après avoir vainement sonné un domestique pour l'informer de notre nouvelle décision. Prière de faire suivre à l'adresse indiquée la malle que nous avons, dans ces circonstances, laissée derrière nous. (Pas de signature). »

« Ayant machinalement relevé les couvertures du lit, je constatai sur le drap de dessous et vers le centre une tache de sang, et sur le tapis une rose rouge de Provins littéralement fanée et qui, la veille, ornait le corsage de la jeune femme. Je n'eus alors plus le moindre soupçon sur l'authenticité du crime et convaincu que je suis, à l'heure présente, que le cadavre de la victime ne saurait être autre part que dans la malle laissée à l'hôtel par l'assassin, j'ai l'honneur de vous prier de bien vouloir venir au plus tôt faire, en mon logis, toutes les constatations légales pour ouvrir l'enquête et dégager ma responsabilité.

« Croyez, Monsieur le Procureur, à mon profond respect.

BRAISINIER,

Maître d'hôtel du *Lion d'Or*. »

Cette lettre trouva le procureur au lit, où il était fort occupé près de Madame; mais le devoir avant tout et, deux heures plus tard, lui, son juge d'instruction, son greffier, son médecin et ses gendarmes étaient sur les lieux. Après avoir constaté la tache de sang, entendu les témoins, on procéda à l'ouverture de la malle.

— Mais ce sont des vêtements! s'exclama le brigadier de gendarmerie avec un air désespéré.

— Ça ne fait rien, le cadavre est au fond, riposta le maître d'hôtel.

— Procédons alors à l'inventaire de la malle, fit le juge d'instruction. Greffier, écrivez.

— Une paire de bottines blanches, commença le procureur — blanches, répéta le greffier.

— Un chapeau de femme blanc garni de plumes blanches — blanches.

— Une robe de soie bleue neuve — neuve.

— Un châle de l'Inde neuf — neuf.

— Une paire de gants blancs — blancs.

— Un petit bouquet de fleurs d'oranger en cire — en cire.

— Un carnet de visite — visite.

— Un cent de cartes intactes de M. et Mme de Boislambert — lambert.

— Un paquet de lettres de faire part du mariage de Mlle Louise de Préhaut avec le vicomte de Boislambert et réciproquement — proquement.

— Une chemise de femme défraîchie, garnie d'entre-deux de Valenciennes marquée d'un P et d'un B entrelacés. Sur la chemise une tache de sang — de sang.

— Enfin! s'écria le maître d'hôtel.

Le docteur ouvrit de l'œil, eut enfin un singulier sourire et prit une plume.

— Maintenant, je ne vois plus que des vêtements d'homme, continua le procureur, nous sommes pourtant sur les traces du crime, il me semble; cette chemise...

— Mieux que cela, mon cher Procureur, fit le médecin, vous pouvez vous flatter d'avoir découvert le crime lui-même, et voici déjà mon rapport médico-légal.

— Ah bah! voyons, exclama le chœur.

« Je soussigné docteur Ralingard déclare que, grâce à l'obligeance du sieur Braisinier, maître d'hôtel du *Lion d'Or*, nous avons pu acquérir, ce jour, la certitude, que Mlle de Préhaut est bien, depuis 12 heures environ, la femme de M. de Boislambert. »

Ce fut un éclat de rire général. — Personne encore n'avait songé à cela.

# LES NOCES DE JEANNETTE

LES

# NOCES DE JEANNETTE

« Monsieur le Comte,

« Votre Jeannette est désolée et, depuis ce matin, elle pleure sans cesse. Bien souvent dans les bois, dans la plaine, vous m'aviez, en passant, demandé un baiser. Vous en preniez deux, c'est vrai; mais qu'importe! Quel mal y a-t-il à se laisser embrasser? Hier au soir, encore, à la brume, là-bas dans le grand verger, je cueillais des pommes et, en souriant alors sous votre moustache blonde, vous m'avez dit : « Jeannette, pourquoi faire ce vilain panier ; n'as-tu point ton blanc jupon pour porter ces pommes? — Mais, Monsieur le Comte, je n'ai que lui, et si... sans aucun doute, vous me verriez... — Qu'importe! — Au fait, où était le mal que vous me vissiez? Puis, nous marchâmes côte à côte et, pour me faire niche sans doute, vous avez mis la crosse de votre fusil entre mes jambes ; je tombais. Aussitôt vous rouliez avec moi ; votre bouche, par hasard, rencontra mes lèvres. Cela me fit un singulier effet! Je voulus me relever, impossible! Je fis un effort, j'en fis deux, et tout à coup... Ah! Monsieur le Comte, vous m'avez fait bien mal, puisque, malgré moi, j'ai crié! Malheureusement, Nicolas passait, Nicolas que j'aime, Nicolas, mon fiancé, celui que je devais épouser à mes seize ans, aux vendanges prochaines. Alors, ce matin, il est venu à la ferme ; il était pâle, il avait pleuré. Malgré moi, et sans en savoir la cause, j'ai rougi sous son regard et j'ai bientôt sangloté lorsqu'il m'a dit d'une voix qui ne souffrait point la réplique : « Jeannette, sache bien ceci, tu ne seras jamais ma femme! » Puis, tombant sur une chaise, il ajouta avec un rire effrayant : « A moins que M. le comte ne te rende ce qu'il t'a volé. — Volé! volé! moi? — Ah! Monsieur le Comte, en seriez-vous capable? Mais quoi! j'ai bien encore tous mes bijoux, la petite croix d'or que vous m'aviez donnée pour mes quinze ans, les boucles d'oreilles que vous m'aviez offertes pour ma fête. Et pourtant, Nicolas l'a vu, Nicolas l'a dit, vous m'avez volé le plus beau bijou de ma corbeille de noce. Oh! je vous en supplie, Monsieur le Comte, rendez-le-moi vite, puisque c'est vous qui l'avez, car j'aime Nicolas, car je veux être sa femme, et pour ravoir ce bijou... eh bien! je consentirais encore à retourner ce soir derrière les grandes aubépines, et, foi de Jeannette, je vous jure de ne plus crier. »

Le comte ne vint pas au rendez-vous; aux vendanges, on mit Jeannette au cimetière. Elle est morte en criant : « Au voleur! » sans pourtant avoir jamais su le nom du bijou volé, et le curé m'a dit, à moi, qu'elle était en Paradis.

# LA FEMME DU GENDARME

# LA FEMME DU GENDARME

Un soir, que, sous les étoiles, je me promenais à la fête de Neuilly, j'aperçus, à la lueur de quinquets fumeux, collée sur un tableau criard qui vantait, à la porte, les redondances nues de la colosse de l'intérieur, une pancarte manuscrite ainsi faite : « Visible pour les personnes âgées de plus de vingt et un ans. »

Déjà flatté d'avoir atteint, je pourrais même dire dépassé, l'âge indispensable pour être admis au salon de la Belle Africaine, j'allais y entrer lorsque des gens sérieux, sortant de la baraque, se prirent à crier à l'infamie en accusant l'alléchant écriteau de n'être autre chose qu'un piège à collégiens et à grisettes et firent immédiatement fermer, avec l'aide de la police, la case du saltimbanque qui n'exhibait point au dedans les grivoiseries promises au dehors.

Cette histoire m'a fait peur et m'a seule empêché d'emprunter la fameuse pancarte du saltimbanque, pour la mettre, cette fois, en tête de ma nouvelle. Les femmes sont fortes derrière l'éventail, et peut-être, après avoir lu, mes jolies lectrices eussent-elles, à leur tour, crié au mensonge en fermant pour toujours le livre trompeur. Aussi ai-je pris une honnête résolution, je ne scandaliserai personne, et je crois, sincèrement, avoir fait pour cela tout ce que peut faire un conteur qui narre une histoire d'alcôve, puisqu'aussitôt que besoin j'aurai su tirer sur moi les rideaux du lit. Ceci expliqué, après avoir envoyé jouer avec les enfants Jeanne d'Arc et Prud'homme, je commence.

S'il est ici-bas des rois sans royaumes, des empereurs sans empire, des républiques sans républicains, il n'est point à coup sûr, en France surtout, de province, de ville, de village même sans gendarmes. Le gendarme du reste est, à mon avis, comme le plus beau couronnement du superbe édifice de l'organisation nationale ; rien n'est complet sans lui, pas plus le viol que l'adultère, la pêche en eau trouble que la chasse dans les blés. Il est à la société ce qu'est le corset à la femme, l'écluse de tous les débordements humains. Partageant, en ce cas, avec Dieu même l'art de mettre « un frein à la fureur des flots », seul encore, il sait, tout comme lui, « des méchants arrêter les complots ». Il n'a recueilli en ce monde que du respect, moi j'affirme qu'il devrait y avoir un culte. Aussi le jour où je deviendrai père, je fais vœu de brûler ces pages, voulant, avant tout, voir élever mon fils dans la crainte de Dieu et des gendarmes. Telle est la résolution qui me servira de préface.

Donc à X... particulièrement, le gendarme était en grand honneur. Les quatre femmes du monde, et les six cocottes de l'endroit n'avaient pour amants que des gendarmes, des officiers bien entendu.

Un beau jour, le régiment s'enrichit d'un nouveau brigadier long et mince, jaune et débile dans ses bottes d'ordonnance : on eût dit un grand os dont on avait sucé la moelle. Le brigadier avait une femme. Dès la première revue, elle fit sensation. Le lendemain, les quatre dames du monde et les six cocottes de X... se mirent en campagne, et on cancana bientôt, dans les salons et les boudoirs, que la femme du gendarme était une gaillarde qui avait plus fait pour l'avancement de son mari que son mari pour la procréation de ses enfants.

C'était, il faut le reconnaître, une fort belle femme que Chiquita. On eût dit un Rubens. Le front un peu bas, couvert de cheveux coupés en frange et noirs comme l'encre de ma plume, elle avait une bouche large mais correcte, aux dents blanches comme mon papier et aux lèvres épaisses et rouges comme ma cire à cacheter. Ses grands yeux bruns étaient cerclés de bleu :

« ... Liste d'azur en forme de mémoire,
« Des amoureux chassés de son cœur. »

La poitrine ferme et abondante, mince à la taille, les hanches et le ventre carrément moulés en une superbe ronde bosse dans sa robe collante ; elle faisait encore, sous ces plis qu'elle savait ramener,

« ... ressortir ce vigoureux organe,
« Que la pudeur me défend de nommer. »

Le colonel, célibataire, quarante ans, grandes moustaches, parvenu grâce au beau sexe, la jugea d'un seul coup : « Cette femme-là porte à la peau. » Elle avait si bien porté à la peau du colonel que, quelques jours plus tard, elle était sa maîtresse. Chiquita avait eu un bon motif pour céder aux prières d'un supérieur, voulant à tout prix faire de son époux un... lieutenant.

Durant deux mois, le colonel fut absolument fidèle à Chiquita et négligea tout à fait la femme du notaire. Le brigadier avait été détaché dans une île du littoral.

Chiquita, qui aimait les hommes... efficaces, avait pris le colonel en sérieuse considération et en était à ce point éprise qu'elle devint bientôt jalouse de ses moindres absences.

Le colonel manqua huit nuits, pardon! je ne veux scandaliser personne, huit jours. Il avait été chez la femme du notaire; Chiquita en était sûre; elle résolut de se venger et de se l'attacher par la force, puisque les autres moyens semblaient désormais la trahir. Le colonel revint enfin à la pleine lune.

Chiquita fut plus tendre que jamais, et, le prenant par la barbe, elle le conduisit là où bientôt on devait, encore une fois, voir les rideaux tomber, la femme rester, la vertu s'évanouir.

Peu d'instants après, un bras nu, blanc, rond et potelé émergea des rideaux de cretonne pompadour et prit, dans la veilleuse, avec la pince d'argent du sucrier de cristal, une petite boule de cuivre rougie par la flamme.

Alors, tout à coup, au milieu de baisers, de rires voluptueux et de froufrous de batiste, on entendit un jurement épouvantable.

« Mille noms d'une bombe! » s'écria le colonel en sautant en bas du lit.

Chiquita, pour s'assurer la possession exclusive de son amant, venait de le marquer un peu plus bas qu'où l'on marque les ânes, avec un bouton de cuivre du brigadier au numéro du régiment.

Le moyen n'était pas bon, le colonel bouda.

Pendant trente jours, les officiers le trouvèrent sombre et virent tomber les punitions drues comme grêle sur le régiment. Enfin, le colonel prit un congé, disparut trois mois, et, dès son retour, alla chez Chiquita. On lui fit fête. Il fut du reste charmant. Il semblait avoir tout oublié et venait chercher la femme du gendarme pour faire un souper fin.

Entre autres mets, on mangea un excellent filet aux champignons. Chiquita, qui pouvait avoir des raisons pour manger pour deux, mangea pour trois.

Alors, au dessert, le colonel se leva et, prenant une pose à la Mélingue, cinquième acte de la pièce : « Chiquita, dit-il, je suis vengé, vous venez de manger aux champignons le morceau de moi-même que vous n'avez pas craint de marquer au chiffre du régiment.

Ce fut un coup de foudre !

Le lendemain, Chiquita, qui avait mangé pour trois, accouchait, un mois trop vite, de deux jumeaux. Ils portaient tous deux, imprimés en rouge, sur la fesse droite, la grenade et le numéro matricule du régiment.

Le brigadier, mandé par dépêche, s'en inquiéta.

— C'est une envie, fit-il, en regardant le chirurgien-major.

— Non, répondit ce dernier qu'on disait avoir taillé le beefteack, c'est une indigestion.

# L'OISEAU DE JULIETTE

# L'OISEAU DE JULIETTE

D'un bout à l'autre des deux grandes salles toutes rehaussées d'or et de pourpre du café de Suède, ce ne fut qu'un long éclat de rire, un gigantesque hourrah, et le boulevard dut, bon gré mal gré, prêter ses échos aux exclamations de surprise que venaient d'arracher aux femmes, aux artistes, aux journalistes et aux buveurs, l'étrange entrée de Canardais chez Narval, à l'instant où les théâtres parisiens fermaient leurs portes.

— Canardais?

— Oui, Canardais. Mais, vous le connaissez tout comme moi, ma chère. Vous savez bien! Ce critique théâtral qui, dans le temps, écrivait pour les Mouchettes.

— Les Mouchettes?

— Qui était avec la petite... Machin des Bouffes.

— Ah! Attendez donc. Et qui, depuis plusieurs années déjà, vit « plus loin que le Luxembourg », et dans un impénétrable incognito, avec une mystérieuse inconnue?

— Vous y êtes!

Par la Camargo, il y avait de quoi se tordre, et je renonce à vous dire le bon sang que se firent à sa vue les joyeux habitués de ce riant séjour.

Canardais était, des pieds à la tête, vêtu de rouge écarlate : chapeau feutre rouge, chemise rouge, collet, manchettes rouges avec tibis et boutons de corail, gilet rouge, ulster rouge, bottines rouges. Jules Janin eût encore écrit de celui-là : « Canardais, ce cardinal des mers. » Le petit Chose, un auteur, qui ne peut pardonner au monde parisien de ne point acquérir sa prose, et qui adore les écrevisses bordelaises la nuit, à la Maison d'Or, avec beaucoup de femmes autour, se contenta de le baptiser, sur l'heure, de : « Symbole bouilli du mouvement littéraire. »

Bref, la surprise émoussée, la curiosité s'éveilla bientôt,

et Canardais dut révéler le motif de son étrange accoutrement. Puis, sur la proposition d'un habitué, le rouge personnage prit place sur un billard et commença en ces termes :

« Si vous voulez savoir pourquoi je porte en rouge le deuil de ma tante maternelle, feu M^me^ Coquillard, je vous dois la page la plus intéressante de l'histoire de ma vie. Je serai, du reste, le plus bref possible et vous dirai de suite, pour ne plus avoir à y revenir, que je me venge, en rouge, des dernières volontés d'une tante qui, par testament, a privé son neveu de 30,000 francs de rente pour avoir épousé sa maîtresse. Quant au petit roman que je vais vous raconter, s'il vous plaisait de le répéter à autrui, vous voudrez bien, tout comme moi, l'appeler :

## L'OISEAU DE JULIETTE

« Un matin d'hiver, alors que je promenais, sur le quai de la Mégisserie, quelque argent que je devais aux hasards du baccarat, j'aperçus, arrêtée à la vitrine d'un oiseleur, une charmante fillette de 17 à 18 ans, vêtue à la manière des fleuristes ou des demoiselles de magasin. Elle était presque blonde avec de grands yeux bien noirs. La bouche rouge comme cerise, mais peut-être un peu grande, laissait paraître deux jolies rangées de quenottes blanches comme lait. L'enfant semblait en extase devant un délicieux colibri tout fait d'émeraudes et de topazes. Désireux d'apprécier de plus près un si galant minois, je m'approchais à mon tour de la Volière enchantée. Mais, à peine avais-je eu le temps, sous prétexte d'oiseau, de fixer ma belle inconnue, que la petite tourna vers moi ses yeux aussi brillants que naïfs et me dit sans façon : « N'est-ce pas, Monsieur, qu'il est gentil? — Oui, Mademoiselle, vous êtes bien gentille. » Alors, en faisant une adorable petite moue, la mignonne fille répliqua tout aussitôt : Mais ce n'est pas de moi que je parle, Monsieur, c'est du colibri. — Il vous plaît donc bien, cet oiseau? — Oh! oui! — Alors, permettez-moi de vous l'offrir. — Me l'offrir, fit-elle, avec un éclair de bonheur dans les yeux. — Oui! — Mais c'est que... — Je ne vous demanderai, en retour, que la permission de l'aller voir quelquefois. — Puis, après réflexion : Je ne vous connais pas, mais vous êtes, j'en suis sûre, un galant homme ; eh bien! soit, mais ce ne sera, vraiment, que pour l'oiseau? — Foi de journaliste. — Ah! vous êtes journaliste, vous me ferez lire de vos articles alors! — Pauvre petite! — C'est convenu. — Votre nom? — Juliette. — Votre demeure? — 6, rue Sainte-Croix-de-la-Bretonnerie, au cinquième. » Et, un instant plus tard, la presque blonde enfant disparaissait dans les brouillards de la Seine avec le vert colibri.

« Bien peu de temps après, je fis ma première visite. Seule au monde, elle perchait tout au haut d'un vilain escalier, aussi noir qu'humide, mais je fus reçu à merveille dans une mansarde bien blanche, dont la cage du colibri faisait le plus bel ornement. J'y retournai fréquemment, et, au bout d'un mois, nous étions, je dois le dire, les meilleurs amis du monde ; puis, « tant va la cruche à l'eau qu'à la fin elle se casse », et, un jour, nous nous aperçûmes tous deux, en joignant nos lèvres dans un commun baiser, que nous nous aimions. Que faire ! nous séparer? Juliette elle-même ne l'eût pas voulu ; et, ma foi, au lieu de nous éloigner, nous nous rapprochâmes : trop, sans doute, car un soir que nous regardions ensemble le colibri, je ne sais trop comment cela arriva, mais il est certain que. . . la cage s'ouvrit, et que Juliette perdit. . . son oiseau.

« Je passai la nuit à la consoler.

« Et, le lendemain matin, dans tout le quartier, les voisines répétaient avec un malin sourire, que Juliette . . . avait perdu son oiseau.

« C'était vrai. Neuf mois après, à la place du colibri, je dus faire porter un berceau. Enfin, plus tard encore, alors que nous avions tous deux la tête penchée sur la bercelonnette blanche et rose, et que nous mangions des yeux et des lèvres « notre petit homme », comme elle l'appelait déjà, Juliette, lui dis-je, veux-tu être ma femme devant la société, aujourd'hui que tu l'es devant Dieu ?

« Pour toute réponse, elle passa ses deux bras bien ronds et bien blancs autour de mon cou, et laissa couler sur mes lèvres une larme de ses beaux yeux ; puis l'émotion passée, elle ajouta en montrant notre enfant : « Oui, mais je veux qu'il soit assez grand pour se souvenir qu'il était aux noces de sa mère. »

« J'ai respecté son caprice, et voilà pourquoi il y a huit jours à peine, alors que bébé étrennait sa première culotte, il y avait des noces dans la maison ; mais voilà aussi pourquoi, hier, ma tante Coquillard mourait en me deshéritant, et pourquoi enfin, je suis en rouge aujourd'hui.

M. NITRATE

# M. NITRATE

---

Deux heures sonnent à la pendule Louis XV du plus charmant boudoir de photographie à la mode. Tout aussitôt le timbre d'argent de la porte d'entrée fait retentir de sa note cristalline le grand vestibule d'honneur. Enfin un laquais, coiffé et rasé sur le patron du ministre en vogue, élégamment relié dans une superbe livrée, soulève une portière de lourdes soieries lyonnaises bleu de Sèvres, brochées d'or, et la ravissante comtesse Rosine de K..., qui n'a voulu confier au hasard de l'ascenseur ni sa jeunesse, ni sa beauté, vient, exténuée de fatigue, s'abattre aux pieds d'une Vénus en marbre, sur un large sopha. Son mari la suit.

« Ouf! » fait la pauvre mignonne avec une adorable petite moue, et l'on entend, en prêtant l'oreille, légèrement craquer un corset de satin sous une robe divine. Cette robe est bleue, traversée par une écharpe rouge et c'est sous un chapeau blanc que voltigent, au vent d'un éventail, les cheveux blonds de Rosine. Ses bottines sont encores faites de soie bleue, claquées de chevreuil blanc et ont des talons rouges. Voilà, certes, un enfant du noble faubourg qui eût volontiers troqué à certaine heure la couleur du drapeau de ses pères contre celles du drapeau de l'ennemi. Dame! elles lui vont à ravir ces couleurs nationales désavouées des siens. Il est de fait qu'en la voyant ainsi, on eût juré qu'un peintre habile venait de jeter un frais bouquet de fleurs des champs sur le fonds bleu et or d'une splendide porcelaine de Sèvres.

Pendant que la comtesse s'évente, le comte Octave de K..., qui se tient par habitude sans doute à l'extrême droite... du boudoir, tout près... de la porte..., s'éponge. Il ne souffle pas, il ronfle.

Pouah! ces hommes, ils ne savent même pas supporter avec grâce la fatigue et la chaleur, ils suent toujours.

Vrai, il n'est pas beau, le gros député de K... Oh! non, mais il paraît que, s'il n'est même pas élégant pour un, il est riche pour deux. Il a sur la joue une large balafre et a, paraît-il, cherché à la faire passer dans le monde pour la cicatrice d'une blessure reçue à Patay; mais un de ses valets, chassé brutalement, a raconté que c'était en tombant la tête sur la table et sur des bouteilles brisées que le comte s'est ainsi guilloché la mâchoire. Bref, il n'est pas intéressant du tout ce mari, je vous le promets, et vous pouvez m'en croire, car, avec ça, il est myope et jaloux.

Enfin, le photographe fait son entrée.

Bel homme, M. Nitrate, jeune et joli garçon!

— Merci, Madame la comtesse, de votre exactitude, dit-il, l'on a certes bien raison de dire qu'elle est la politesse des grands.

Pas bête, M. Nitrate! Je sais bien que c'est un cliché et par conséquent de sa profession...

— Si Madame la comtesse veut passer dans la galerie, je suis désormais à ses ordres.

Rosine retire son chapeau et se dirige vers la portière désignée. Le comte va suivre.

— Ah! pardon, Monsieur, fait le photographe avec une extrême politesse; mais je craindrais, réellement, que votre présence dans la galerie ne donnât quelques distractions à Madame...

— Oh! oui, mon ami, Monsieur a raison, ajoute vivement la comtesse ; vous savez bien qu'il y a précisément des jours où je ne peux pas... où je ne peux pas...

— Où je ne peux pas ?

— Où je ne peux pas vous regarder sans rire.

— Tudieu ! il n'a pourtant pas l'air drôle, pensa le photographe.

Mais Rosine est partie en riant comme une petite folle. M. Nitrate va à son tour la suivre.

— Soit ! grommela le comte de K..., je resterai.

Puis, se ravisant :

— Mais, dites-moi, Monsieur, est-ce que votre galerie est loin de...

— Cette cloison et cette porte seules vous en séparent.

— Il suffit.

Le comte s'installe alors dans un fauteuil, le long de la cloison, tire de sa poche l'Univers, et, résigné, se met à lire.

A peine a-t-il parcouru quelques lignes d'une longue tartine toute beurrée de Veuillot qu'il s'arrête.

On ne voit pas dans la galerie, mais, par ma foi, on y entend fort bien ce qui se dit.

. . . . . . . . . . . . . . . . . . . . .

— Voyons, Madame, croyez-moi, je ne crée de belles œuvres, qu'autant que l'on m'est aveuglément soumise. Etendez-vous sur ce divan.

Le comte prête aussitôt l'oreille.

— Baissez encore un peu plus cette dentelle qui vous engonce trop la gorge.

Le comte laisse tomber le journal.

— Laissez-moi soulever ce bras qui mérite d'être vu.

— Mais elle n'a pas de manche, murmure le comte, et il se rend vers la porte.

— Levez cette robe qui cache ridiculement vos pieds.

Le comte devient très inquiet.

— Encore, ajoute le photographe.

Le comte veut entrer. La porte est fermée.

— Encore.

Le comte rugit.

— Maintenant, laissez-moi faire.

— Mais, vous me chatouillez.

— Prenez patience, en songeant, Madame, que toutes celles qui sont venues ici y ont eu le même sort que vous.

Le comte blêmit.

— Là, je commence.

— Jamais ! je m'y oppose, tonne enfin le comte en en fonçant la porte.

A l'instant où il entre, écumant de rage, le photographe se sauve à toutes jambes emportant quelque chose sous son paletot.

Tableau !

— Grand Dieu ! qu'est-ce, mon ami ? fit Rosine.

— Madame, vous m'avez indignement trompé, rugit M. de K...

— Moi ?

— J'ai tout entendu.

— Entendu? quoi entendu?

— Me forcerez-vous donc à vous répéter toutes les horreurs que vous disait, il n'y a qu'un moment, cet homme indigne?

— Mais, mon ami, vous êtes fou, Dieu me pardonne! Quelles horreurs, quel homme?

— Quelles horreurs? quel homme? Après vous être laissé déshabiller par lui, ne vous êtes-vous pas écriée : « Mais vous me chatouillez. »

— Ah! par exemple, s'écria Rosine, en partant d'un énorme éclat de rire, mais c'était l'appui-tête.

— Ne plaisantons pas, je vous en prie, et il leva la main.

— Ah! Monsieur le comte, dit tout bas Rosine, je n'oublierai pas ce geste-là.

A cet instant, M. Nitrate revint.

— Madame, dit-il, il nous faudra recommencer, le cliché porte deux têtes, quatre bras et quatre jambes.

Le comte devint écarlate. « Le misérable! s'écria-t-il, il l'avoue lui-même! » et il tombe raide sur le parquet.

Le comte venait d'avoir sa première attaque de paralysie; une troisième l'enlevait peu de temps après.

### Requiescat in pace

Enfin, pour être complet, j'ajouterai qu'à tort ou à raison, on raconte, sous les portes cochères du faubourg

Saint-Germain, que jamais Rosine ne s'est fait si souvent photographier que depuis qu'elle est veuve.

Mais, entre nous, Rosine est charmante, et il ne faut pas croire à tous ces cancans-là.

# UN VENDREDI ET UN TREIZE

# UN VENDREDI ET UN TREIZE

Beaucardais avait l'almanach à la main.

— Voyons, mon futur gendre, que vous en semblerait-il donc, si nous fixions cela du 1er au 5 par exemple?

— C'est impossible pour cette époque, riposta vivement à son époux Mme Beaucardais, sans laisser à Anatole le temps de répondre lui-même.

— Pourquoi cela, fit Beaucardais?

— Parce que...

— Parce que?

— Monsieur Beaucardais, vous êtes vraiment parfois d'une naïveté prodigieuse!

— Je m'en flatte, Madame.

— Vous en faites rougir votre fille.

Virginie, en effet, était rouge comme une pivoine,

tandis que Groslardon souriait en homme qui a compris.

— Je n'aime pas les caprices, moi, Madame ; et quand on a des motifs, je veux qu'on me les fasse connaître.

— Tenez, Monsieur Beaucardais, jamais vous ne saurez ce que c'est qu'une femme ; après dix-neuf ans de mariage, c'est indécent, ma parole d'honneur !

— Madame !

Groslardon intervint ;

— Voyons, beau-père, je vous en prie, le docteur s'y oppose ; puis, notre mariage peut si bien se remettre de quelques jours.

Un éclair passa devant les yeux de Beaucardais, un sourire rusé courut sur ses lèvres, il rougit un peu et :

— Mon gendre, vous êtes décidément un malin, vous comprenez toujours du premier coup. Eh bien ! voyons alors ; cherchons une autre date, le 13 ?

— Le 13 ?

— Oui, Madame, et pourquoi pas ?

— Un vendredi ?

— Après ?

— Jamais !

— Pourquoi ?

— Ma fille ne se mariera pas un vendredi et un treize.

— Voyez-vous ça ! Toujours des caprices, ou la manie de contredire !

— Non, Monsieur, mais j'ai des superstitions, et je tiens à ce qu'on les respecte.

— Je m'en moque pas mal de vos superstitions.

Virginie intervint... « Voyons, petit père, je t'en prie, et puis ce n'est pas commode un vendredi pour le dîner, parce qu'on ne peut pas faire gras. »

Beaucardais regarda sa fille si câline, l'embrassa sur ses cheveux blonds : « C'est bien, petit monstre, ce sera pour le jeudi, la veille et n'en parlons plus. »

— Mais la veille, la veille et alors si on s'attarde...

— Encore, Madame?

— Belle-maman, par grâce.

— Enfin, soit!

— C'est une affaire convenue.

M. Beaucardais est un ex-négociant de G... enrichi dans les bois de chauffage et plus vieux de quinze ans que Madame son épouse.

Groslardon est le nouveau notaire de G..., possède vingt-huit ans, des favoris noirs de magistrat ou de garçon de salle et une étude qu'il faut à tout prix payer sur la dot de sa femme.

Virginie, blonde, plate peut-être, mince à coup sûr, est gentille sans être absolument jolie; elle a toujours pour elle la beauté du diable et une grosse fortune.

Mais Mme Beaucardais est restée la vraie beauté de la famille ; mère à dix-sept ans, elle ne compte encore à peine aujourd-hui que trente-trois printemps. D'une nature plus brune, plus provocante et plus riche que sa fille, on l'entendit plus d'une fois affirmer qu'avec un autre mari, elle aurait au moins su faire de Virginie une Vénus, mais. . . bref, c'est l'instant de passer.

Donc, le jour du mariage, le jeudi 12 septembre 186., tout s'était passé pour le mieux, lorsque, le soir, sur les onze heures, Mme Beaucardais devint tout à coup nerveuse. Elle semblait extrêmement impatiente, elle ne répondait à personne, et insistait, d'une façon presque indécente, pour envoyer au lit les nouveaux époux. A onze heures et demie, il n'y avait plus pied à vivre, et elle pria sans façon ses invités de dessert. Il fallait, bon gré mal gré, que le dîner finît. Enfin, à minuit moins le quart, on la vit subitement disparaître avec sa fille, laissant mari, gendre et hôtes furieux et stupéfaits.

Minuit sonna, Groslardon disparut à son tour.

« C'est insensé ! rugit M. Beaucardais en constatant ce nouveau départ.

Bientôt après, les invités se retirèrent.

Comme le premier couple montait en voiture, on vit partir, au triple galop, un coupé de gala.

Un cri perçant fendit les glaces des portières ; une voix désespérée appelait : « Anatole ! »

Ce fut tout : une heure après, tout indice de noce avait disparu.

Beaucardais chercha longtemps sa femme, ne la trouva pas, et s'endormit en l'attendant.

Au matin, M. Beaucardais revit, à ses côtés, son épouse, mais plus agitée, plus palpitante que de coutume. Il mit tout cela sur le compte des émotions fatales pour une mère qui se sépare de son enfant.

Dans la chambre nuptiale, Groslardon se réveilla seul dans son lit. Il chercha du regard dans toute la chambre et ne rencontra personne.

« Ah ! c'est bête ! » fit-il, et il se prit à réfléchir.

« C'est drôle, je n'aurais jamais cru que Virginie, qui semble si. . . lorsqu'elle est habillée, fût si. . . lorsque. . . C'est qu'elle n'est pas embarrassée du tout, ma petite femme, quoique, à vrai dire, par trop muette.

Il se retourna alors vers l'oreiller brodé, désormais désert, et y vit briller un long cheveu noir de jais.

« Un cheveu noir, et Virginie qui m'avait toujours semblé blonde. Au fait, suis-je bête, pourquoi prétendre plus facilement découvrir un cheveu noir dans une perruque blonde, qu'une aiguille dans une charretée de foin. »

Il ne retrouva sa femme qu'au déjeuner. En entrant il eut un regard de reproche. M$^{me}$ Beaucardais et Virginie rougirent d'un même coup.

En s'asseyant, M. Beaucardais demanda d'un air fin à sa fille, si elle avait passé une bonne nuit.

— Fort bonne, répéta sans hésiter Groslardon.

Virginie balbutia en même temps que M$^{me}$ Beaucardais.

C'était vendredi, on fit maigre avec du poisson. Le soir, Groslardon, se prétendant fatigué, insista pour se retirer de bonne heure avec sa petite femme. Belle-maman trouva trente-six prétextes pour l'en empêcher, et il était minuit sonnant lorsque les jeunes époux purent enfin s'échapper.

Le notaire trouva sa femme beaucoup moins. . . et beaucoup plus. . . Elle avait été pourtant si gentille le matin même.

Bref, tout s'arrangea avec le temps.

Neuf mois plus tard, il y avait un baptême dans la maison. Du premier né de Virginie, me direz-vous? Non, du dernier né de M^me^ Beaucardais. Beaucardais, il faut vous le dire, parut bien un peu surpris, mais il se savait, d'autre part, sujet à des distractions.

Depuis ce jour le fils de Beaucardais a grandi pour le malheur de sa famille. Il a ruiné ses parents. Beaucardais est mort de chagrin. Hier on avait rassemblé le conseil.

« C'est la faute de ton père, s'écria tout à coup M^me^ Beaucardais en regardant sa fille ; tout cela ne serait jamais arrivé s'il n'avait pas voulu te marier, malgré moi, un jeudi ; le vendredi, au matin, j'ai dû me sacrifier pour ton bonheur. »

Groslardon tressaillit ; il se rappela la vaine insistance de sa belle-mère pour le faire quitter la table avant minuit le jour de ses noces, son entêtement du lendemain à l'empêcher de quitter le salon de la famille avant samedi sonné, le. . . dodu extraordinaire de sa femme durant la première nuit, son obéissance si passive et si brave, le cheveu noir de l'oreiller, la lutte terrible du lendemain.

Le jour même, il questionna Virginie sur une chose oubliée depuis plus de dix-huit ans.

Elle avait passé sa nuit de noce dans un coupé de gala loué à l'heure par sa mère.

# LE COUPÉ VERT

# LE COUPÉ VERT

C'était l'année passée ; il pouvait être?... trois ou quatre heures, l'heure du Bois, et nous étions?... fin d'avril ou premiers jours de mai, aux primevères en un mot. Je venais de traverser, au pas de *Mousseline*, ma jument favorite, les Champs-Elysées, complètement émaillés de verdure nouvelle et de riantes toilettes printanières. J'allais au Bois. Tout à coup, au plus épais du défilé des voitures, mes regards, comme fascinés, se portèrent sur un coupé vert-pomme, aux stores roses, à la livrée jaune clair et aux chevaux de race gris pommelé : curieux équipage ma foi ! que l'on pouvait aisément comparer à un aimable oiseau de paradis, né sous un ciel d'outremer. Ses stores impitoyablement baissés, dérobaient aux passants le secret gardé par les coussins, et, seule, une délicieuse main de femme, divinement gantée, froissant le satin rose du fâcheux rideau, se plaisait à laisser traîner sur la verte portière une peau de Suède d'un lilas exquis. Aussi m'étais-je instinctivement rapproché et pris à réfléchir.

— A qui cette main de fée? Quel trésor de beauté pouvait bien contenir cet écrin roulant dont les armoiries ne signifiaient rien autre chose qu'élégance et originalité? Une étoile de la rampe? Une célébrité du quartier Bréda? Ou bien encore quelque fantasque marquise du faubourg Saint-Germain? Coupé vert?... Son cœur était libre et souffrait qu'on espère! Stores roses?... Elle était jeune! Livrée jaune?... brillante, mais... infidèle. Enfin, se promenait-elle seule ou étaient-ils deux?

Plongé dans ma rêverie je faisais, au trot, depuis quelque temps déjà, la plus constante escorte à ma belle inconnue, lorsqu'un bruit de baiser, éclos dans la voiture, vint mourir à mon oreille et m'arracher à mes réflexions. Un baiser! Je tenais le mot de l'énigme : ils étaient deux, et, déjà envieux du rival inconnu, je devenais aussitôt jaloux. Mon parti fut promptement arrêté. Je la suivrai tout un jour, s'il le faut, et je ne lâcherai ma proie qu'après avoir vu qui avait donné le baiser et qui l'avait reçu. Le coupé enchanteur me conduisit à la Cascade, à Longchamps, à l'Opéra, ou le groom prit la loge d'avant-scène, ce qui me décida à louer la plus voisine, puis chez Bréban où alors la voiture devait stationner. Quelqu'un descendit, mais j'avais rejoint trop tard. J'abandonnai *Mousseline* aux mains d'un piqueur vigilant et j'entrai, suivant à la piste le couple envié. On avait demandé un cabinet particulier, le 12; je m'installai au 13 et je dînai au bruit de nouveaux baisers et de froufrou de robe de soie ; j'entendis même la chère petite femme murmurer de tendres paroles. A huit heures, le salon devint muet : je me rendis de suite à l'Opéra. On jouait *Faust*. Une simple cloison de velours nous séparait, mais, hélas! il me fut pourtant impossible d'apercevoir ceux que je mourais d'envie de connaître. Durant cette éternelle soirée, parmi des flots d'harmonie, j'entendis encore les mélodieux accords de baisers nouveaux et de tendres flatteries. Mais toujours la petite femme mignonne seule parlait. Elle gâtait vraiment trop son beau préféré ! La représentation terminée, la foule m'enveloppa, et je n'arrivai que juste à temps pour prendre d'assaut une voiture et ordonner au cocher de suivre le coupé vert-pomme. Mon automédon fidèle s'arrêta subitement rue Laffite, et, bravant tout pour satisfaire ma curiosité, défiant le duel certain après le soufflet probable, je volai à la portière pour offrir la la main à... qui allait en sortir. En effet, la portière s'ouvrit et une femme ravissante me prenant, sans doute, pour quelque valet insignifiant, me tendit sans pudeur sa taille divine pour l'aider à prendre pied sur le trottoir; puis, revenant de son erreur, surprise d'abord pour rire bientôt ensuite, elle s'écria : « Tiens, cet excellent de B..., comment se fait-il, bien cher, que vous ayez manque. ce soir, une première aux Bouffes? »

J'avais suivi la petite X... des Variétés, qui étrennait son coupé neuf.

Revenu de ma surprise, je la questionnai : « Mais vous n'étiez pas seule aujourd'hui ? Au Bois ? A l'Opéra ? — Non certes. — Et où donc est votre compagnon ? » A ces mots, la ravissante créature me montra, caché sous sa pelisse de fourrure, un tout mignon barbet qu'elle baisa tendrement. Puis, tournant vers moi ses jolis yeux calins, la belle ajouta : « Miza, demandez à notre ami de bien vouloir vous monter à son cou jusqu'à ma chambre. »

. . . . . . . . . . . . . . . . . . . . . . . . .

# A DEAUVILLE

# A DEAUVILLE

Cet été, en respirant sur la plage de Deauville l'air frais du soir, Henri de V..., mon vieux copin de Louis-le-Grand, m'a raconté, avec la permission de sa jolie petite femme, la piquante histoire que je dirai tout bas à l'oreille de ma lectrice.

— Comme tu le sais, fit-il, en prenant entre ses mains les petits doigts roses de Mme de V..., Marguerite et moi, nous nous aimons depuis l'enfance. Elevés ensemble porte à porte par des mères amies, sur les riantes terrasses du parc Monceau, elle fut toujours mon meilleur camarade.

Si le temps des études nous sépara l'hiver, durant quelques années, chaque été, à son tour, nous ramena partager sur ces falaises le même châlet, la même plage, le même Océan.

Un jour d'août, que le soleil faisait bailler les coquillages sur la grève et brunissait sans pitié la peau blanche des jolies baigneuses, Marguerite et moi résolûmes de profiter de la chaleur du jour pour prendre un bain... chaud.

— L'eau est excellente aujourd'hui, disait-on de toutes parts sous la tente.

— Essayons-en donc.

Et nous voilà courant à nos cabines.

Il y a de ça six années environ, Marguerite avait seize ans, et, moi, j'allais en avoir dix-huit.

Nos cabines sont demeurées les mêmes depuis ce jour, avec leur cloison commune, leurs murailles de bois peint en blanc et leurs toits de planches peintes en bleu.

C'était à qui serait deshabillé le premier.

— Je commence, s'écria bientôt Marguerite à travers la frêle cloison de sapin.

— J'ai fini, répondis-je.

— Oh! le vilain, qui se presse pour ne pas m'attendre! C'est que tu n'as pas de corset à délacer, toi.

Il est certain que Marguerite avait toute espèce de choses que je n'avais pas, tandis que, d'autre part, il pouvait bien lui manquer quelques-unes de celles que je possédais.

Bref, je perdis volontairement quelques instants à attacher les liens de mes espadrilles et nous sortîmes enfin de nos cabines jumelles, la main dans la main.

« Oh ! le bon bain que nous avons pris ! fit Henri en regardant Marguerite qui rougit un peu.

Que j'étais fier d'être ton maître à nager !

Que de baisers je donnais au sein de l'onde pour te rassurer ! Comme tu passais, avec confiance, tes jolis bras autour de mon cou lorsque tu avais peur ! »

Le bain fut bien long et fut pourtant trop court.

Mais déjà, au loin, avait retenti, au châlet, la cloche annonçant l'heure prochaine du dîner et il fallait, bon gré mal gré, gagner la falaise.

Nous reprîmes donc, aussitôt, à travers la plage, les pieds dans le sable, la tête dans le vent, le chemin des cabines. En deux bonds nous y voilà.

Une, deux, trois, les portes sont closes.

— Au premier prêt, dis-je à Marguerite.

— Et mon corset? répondit-elle.

— Ça ne fait rien, si tu me bats, tu n'en seras que plus méritante.

— Soit.

Un nuage de vapeur traversa, de part en part, le mur qui nous séparait, les portes s'entrouvrirent à nouveau, nos costumes de bain furent jetés sur le sable.

Puis : grand Dieu! s'écria tout à coup Marguerite,

nous nous sommes trompés de côté, tu es dans ma cabine et moi dans la tienne.

— Ah, bah! et j'ouvris de grands yeux.

— Regarde.

— C'est vrai !

— Comment faire ?

— Diable ! mais changer à nouveau.

— Et avec quoi nous habiller ?

— C'est juste, tiens parbleu, mets-toi en homme.

— Et toi ?

— En femme.

— Mais on se moquera de nous, en nous voyant sur le seuil, la plage est désormais couverte de monde.

— Cependant nous ne pouvons pas. . .

— Mon Dieu ! mon Dieu ! fit ma petite voisine avec un air désespéré. Enfin, soit. Elle n'avait encore rien trouvé de mieux.

Un silence se fit, Marguerite essayait sans doute mes vêtements.

Je considérais les siens.

Quelle gracieuse chose que des chiffons féminins ! pensais-je en moi-même, et pour la première fois, je l'avoue, en voyant un élégant petit corset de satin blanc, au lacet de ruban rose, et ce jupon tout garni de dentelle, et ce fichu brodé, et ces bas à jour, ces jarretières bleues à boucle d'argent, et ce délicieux. . . pantalon de mousseline ! Quel joli entre-deux il y avait là.

Rien hélas ! de tout cela, ne pouvait pourtant me servir.

Je pris la robe rose et charmante et j'essayais. Impossible, la ceinture, rencontrant mes oreilles, ne voulut pas passer.

Comment faire ?

J'entendis un gros mot : « Sac à papier ! »

Je prêtai l'oreille.

Marguerite jurait.

— Qu'as-tu, mignonne ?

— Je ne puis rien mettre de tes affaires, rien ne va, comment en sortir ?

J'avoue que j'étais fort embarrassé, comment en sortir ?

Oh ! amère sarcasme de notre langue, qui la forçait à s'inquiéter de sa sortie, alors même qu'elle ne pouvait pas entrer !

Tout à coup, une idée me vint.

— Ne t'inquiète plus, Marguerite. J'ai trouvé.

— Vrai ?

— Oui.

— Oh ! quel bonheur ! Dis vite, que vas-tu faire ?

— Je vais déclouer la cloison qui nous sépare.

— C'est cela, répondit Marguerite radieuse, nous pourrons donc rentrer chacun chez nous.

— Je commence.

— Ah! mais! dit-elle tout à coup, ah! mais non, ce n'est pas possible.

— Pas possible ! Pourquoi ?

— Parce que nous n'avons rien pour nous couvrir et alors...

— Diable, je n'y avais pas pensé. Ces fillettes ont toujours des idées. Bah ! nous fermerons les yeux, répondis-je.

— Hum ! moi je veux bien, mais toi?

— Je te le promets.

— Eh bien...

— Eh bien ?

— Eh bien, défonce alors.

— En trois minutes il n'y avait plus rien entre nous, pas même une chemise.

— Je n'ai rien vu, nous écriâmes-nous ensemble, en partant d'un grand éclat de rire et en changeant de côté.

Je relevai aussitôt quelques planches debout, et nous nous remîmes à notre toilette.

Quelques instants après : « Je suis prêt, Marguerite », déclarais-je à nouveau.

— Toujours donc, et mon corset.

— Ton corset? Ah oui ! ton corset, dame, si tu voulais?

— Eh bien, quoi?

— Maintenant qu'il n'y a plus de cloison, je pourrais peut-être t'aider?

— Voyez-vous ça.

— Je t'assure.

— Vraiment.

— Puisque j'ai vu, Marguerite...

— Tu mens.

— Non.

— Je ne te crois pas.

— Laisse-moi, je t'en conjure, baiser le joli petit signe noir qui tache ton sein blanc.

— Oh! ces hommes! fit Marguerite en feignant le courroux. Et votre promesse, Monsieur!

— Miséricorde! car je t'aime.

Les planches tombèrent à nouveau.

— Eh bien, lace, Henri, fit-elle, puisque tu n'as plus rien à apprendre; et elle renversa en arrière sa ravissante petite tête blonde pour me donner un premier regard d'amour.

En laçant, je te le jure, j'eus bien des distractions...

Marguerite devait avoir la dernière pensée.

— Que nous sommes nigauds! mon pauvre Henri, dit-elle; il eût été si facile de ne faire qu'un petit trou au lieu d'un grand, juste de quoi laisser passer un paletot, au lieu d'un amant, une robe au lieu d'une fiancée.

Le soir sur son journal, Marguerite écrivit :

« C'est égal, c'est drôle un homme ! »
Et moi, de mon côté, j'avais mis sur le mien :
« C'est égal, c'est gentil une femme ! »

# TABLE

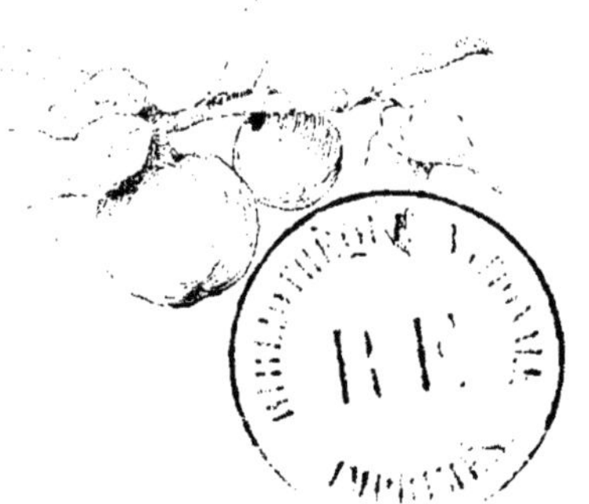

www.ingramcontent.com/pod-product-compliance
Ingram Content Group UK Ltd.
Pitfield, Milton Keynes, MK11 3LW, UK
UKHW020328180726
13839UKWH00002B/584